KB110902

산도

産道

산도 産道

하순명 시집

나를 바꾸려고 했다
시의 곁에서 버텨온 날들이
무수히 펄럭인다

이 그릇으로 무엇을 채울까

하찮은 것이 들어와도 내 안에서
꽃이 되기를……

그런데,
그릇이 문제다

2015년 1월
하 순 명

| 차 례 |

제2부 **그릇**

제3부 **깜짝 선물**

제4부 수평선 위에 잠을 올리다

제5부 가을나무에서 봄꽃으로

▪ 작품해설 : 이승하(시인·중앙대 교수)

제1부

기氣 싸움

기氣 싸움

뜨거운 울음
온몸으로 삼킨 북소리가
깊은 소리를 만들어낸다

두드릴 때마다
설령 가죽이 찢어진다 해도
아니, 능숙한 연주자는 가죽을 찢는 법이 없다
둥 둥 둥 심장 소리 고이고 고여 맑아진
아픔으로만 살아있는 것들

지친 북채를 끌어당겨
연신 제 몸을 치는 그 소리 속에
하늘과 땅 경계가 태어난다

오늘밤도
시詩를 밀고 당기며
그 사랑 안에서 길을 잃는다

억새꽃 독경

혼자 소리에 묻혀 조금 멀리까지 걸어가니 선유도에서 여의도 강변 억새꽃과 강물 소리가 내 안에 올라온다 무수한 시간들이 밀려와서 물결 따라 부서진다 강이 외로운 것이라고 보면 외로운 것이고 무심하다고 하면 무심하기만 한 억새풀 이 세상에 와서 지금까지 무엇이 그리운 것이냐

너는 깨어서 나부낀다 찬란한 머리칼 휘날리며 내부에서 자지러지던 향기와 몰래 내통하는 바람이 되어 아득히, 모든 것 다만 한 순간이지 사라져버린 저 강 건너편 안부

아득해야 낫는 병이 있다

각角에게

각진 얼굴, 각진 인생
각이 쓰임새 많은 세상이다
면과 면이 마주치는 모서리
뿔 각, 다투고 견줄 각, 모날 각
그 끄트머리에 뿔피리 나팔 각, 음계 각도 있다

각 중 가장 무서운 칼
말의 각,
뿔 되어 찌르지 말고
각목처럼 모나지 말고
서로 각축하거나 두각을 나타내려 애쓰지 말고
뿔피리 소리처럼 부드러워라

능내역 풍경

능내역에 한번 가보세요
무딘 가슴 허허로운 날
경기도 남양주시 조안면 능내리에 가보세요
역 하나를 붙들고 늙어버린 역무원과
옛 중앙선 철길 따라 만나는 그리운 간이역

오래된 추억을 만나려면
북한강도 푸르게 손짓하는 능내역에 가보세요
폐기차에 올라 휘파람으로 그리운 이름 한번 불러보면
능내 고향사진관에서
교복 입은 풋풋한 시절이 걸어나올 거예요

대합실 한가운데 우두커니 주저앉은 늙은 쇠 난로
한줌의 온기를 불러 모으고
벽에 걸린 흑백사진들, 낡은 나무의자, 추억의 소품들이
젖은 시간을 말리며 침묵으로 졸고 있는 한 나절
허름한 역사 품에 안긴 접시꽃 한 무더기
여전히 입술이 붉은

능내역, 내 자화상

자화상

물을 보면 흐르고
꽃을 보면 피어납니다

숲에 들면
어느새
나무가 됩니다

물의 입으로 말하고
꽃의 입으로 말합니다

오늘도
그렇게

세상을 건너갑니다

압점

거울 속 얼굴을 촘촘히 들여다본다

손가락에 힘을 주어 경락마다 압점을 누르다가
통통 두드려본다
일순간 통증 후에 찾아오는 불그스레한 홍안
심장에 잠시 꽃물이 든다

그랬다
내 나이 고리마다 한 개씩 걸치고도 넘치는
수천수만 개의 희로애락
스치는 바람이 이랑마다 그냥 지나치지 않은 까닭은
무어냐고
얼굴이 조용하게 말을 걸어온다

눈앞의 길을 두고도 먼 길을 돌아왔다

거울을 보며 삶의 압점을 생각한다
놓쳐버린 압점을 찾고 있다

가을 스카프

나무들 한 철 매고 있던
주홍빛 스카프가 바람에 흩날린다
점점 끈이 풀리는 저 스카프
이젠 바닥에 쌓여 있다
목이 허전한 나무들 오소소 한기를 느낀다
뒷덜미가 쓸쓸해진다
바람도 구름도 새들도 어디론가 가고 있다
너끈히 버티던 것들은 점점 헐거워진다
내 뼈마디를 조이던 다짐도 헐렁해졌다
시린 목에 스카프를 겹겹으로 두른다

나니아 연대기 옷장

열까 말까
그 앞에 서면 가슴이 먼저 뛴다
살그머니 문을 열어본다

투피스 자락을 잡는 순간 출근을 한다
레이스 블라우스는 기다렸다는 듯 청춘의 시간으로
뛰어간다

허리선이 잘록한 자켓, 무릎까지 아슬아슬한 스커트,
몸에 착 달라붙는 원피스, 레이스 눈부신 블라우스
고가의 유명 브랜드나 터미널 지하상가 지나다
심심풀이로 사들인 하찮은 것이거나
컴컴한 칸막이 속에서
비닐 커버를 쓰고
옷걸이에 매달린 그 표정들 하나같이 고혹적이다

열까 말까
문을 열면 요염하게 스며드는 어둠
온몸에 향수가 번지고 꽃이 벙그는
그 어둠

어둠 속 불씨를 헤집는 누군가 보인다

변신의 저 시간
나는 아직도 카운트다운 중이다

나는 두부다

그 몸에 생명을 품고 있었다

처음 만났을 땐 차분하게 누군가의 가슴을 만지는 기분, 따뜻한 피가 흐르고 심장이 두근거리는 것이 금방 깊은 잠에서 깨어날 것 같은데 차츰 두부는 식어간다 숨소리가 고요해진다

손가락으로 살짝 모서리를 건드려본다 지체하지 않고 두부는 제 살점을 뭉툭 떼어 자리를 옮겨 앉는다 젓가락으로 금을 그어도 심장 깊숙이 칼을 꽂아도 몸 어디에도 손가락 젓가락 칼끝의 상처 하나 남기지 않는다

네모 반듯한 각으로 나왔다가 몸이 이지러져도 생을 다 마감한 것 같아도 숨을 쉬는 두부
그 지독한 감각을 만지고 있다

초록 피

온갖 상처에 새 잎이 핀다

계절은
부푼 혈관을 타고 통증으로 온다

언제부턴가
식탁 한 자리를 차지한
비타민, 칼슘, 오메가3, 글루코사민, 아로나민골드

저것들로
초록 피를 대신할 수 있을까
대신하여 한 계절을 넘길 수 있을까

연두에서 초록으로 숨 차오르는
오월을 다시 부른다

항아리 안의 일

항아리들
둥글고 깊은 몸에 그늘을 짓는다
물기가 빠지고 빛이 바랜 달고 신 그늘은
붉거나 푸른 것들이었다

온전한 하나가 되기까지
부글거리며 어둠과 몸을 섞어야한다
낮과 밤이 우러나오고 또 다른 이름을 얻을 때까지
입을 꼭 다문 지루한 침묵
기다림을 익힌다

바깥은 안으로 들어서지 못하고
항아리 홀로 분주하다

마침내 제 성질 덜어내고 다시 태어나는 시간
깊어질대로 깊어진
흑미초, 울금초, 흑마늘초, 알로에초…

나는 육십 년을 살아도
내 향기 하나 짓지 못하는구나

산도産道

때때로
우두둑 부서지고 깨져
한 귀퉁이 간신히 뵙게 되는

혹독한 열반

언제나
시詩의 산도産道가 좁다

순백 편지

1

하늘과 땅이 입맞춤을 합니다
'첫눈이야' 이 말 스무 번쯤
그 갑절은 하고 싶었지만

무슨 말인가 더 생각해야 하는데
그냥 뜨거운 손 꼭 붙들어 매고
광화문에서 수유리고개 넘어 걸어갑니다

함박눈꽃 같은 그대와
이 찬란한 세상 몇 날은
그냥 살아도 좋겠습니다

2

그런데 이제 어쩌지요?
옆에 누워 있는 당신을
깜빡 잊은 날이 많습니다

그러면 정말 안 됨에도
겁나게 죄송합니다

추억은

누군가

때때로 낡은 몸을 뒤집어

강물처럼

새것으로 흐르게 하는

그 봄
-퇴임 후 3년

다시 신학기가 시작되고
여드름이 제법 굵어진 아이들
와자하던 교실, 운동장
　　어젯밤 꿈에 수업 벨이 울리고 나는 학교 3층 복도를 걸어간
　　다. 그 순간 국어 상반(윤동주반) 학급팻말 아래 문이 드르륵
　　열린다.

그 교실에서
푸른 여름을 만나지 않았더라면
난 지금쯤 다 낡아 버렸을까
　　-"어! 벌써 시작? 선생니임 조금 천천히 오시지..."
　　"힘드신데 선생니임 오늘은 그냥 저희끼리 해도 되는대요"-

다시 오지 못할 그 봄
개나리 노오란 합창 까르르 햇볕으로 쏟아지고
푸른 운동장에선 흰 공이 날아오르고
　　-"선생님 쟤들 좀 봐요. 폭력이에요 책도 안 꺼냈어요"
　　주절주절 말푸닥거리를 하는 녀석들 -

파란 보리이파리들 쑥쑥

나 없더라도 너희들

그렇게 무성하게

　　-"어림없다 요 녀석들, 걱정 붙들어 매라니까!

　　하늘을 우러러 한 점 부끄럼 있어 없어? 너 한번 말해봐"-

눈앞이 아른아른

하루 종일

발이 닳도록 서성이네

　　-교탁 쾅! 천둥소리 들린다 -

5월의 풀꽃

타박타박 걸어왔지
나는 풀꽃처럼 작아서
한 점 바람에도 더러 상처가 생겼으나
오늘
머리 희끗희끗한 중년의 중학생들과 해후
돌아오는 길 스마트폰에 문자 찍힌다

선생님! 삼십칠 년이잖아요
그 시절을 풀어낸 몇 시간이
마치 꿈을 꾼 듯합니다
여전히 건강해 보이셔서 감사하고
앞으로 뵐 날이 많다는 사실에
또 감사합니다

가슴 빗장 열고 들여다보니
긴 세월 저편에 반짝이는 보석들 그대로
퇴색하지 않은 소리의 통로

내 삶의 푸른 오월들

제2부

그릇

그릇

언제부턴가 그분의 목소리가 깊어지기 시작했다
산란심이 깊어진 날일수록 불교대학 근본불교 강의를
만나러 맨 몸이 되어 길을 나서며 골목길 분꽃들에게도
눈인사를 한다

마음이란 도대체 어떻게 생겼을까 속은 정결한데 겉
만 얼룩진 것인가 그 마음 세제로 싹싹 문질러 닦으면
될까 그 마음 바닥까지 비우면 될까 아니다 내용물이 아
닌 그릇의 문제다 소에게서는 우유가 나오고 뱀의 속에
서는 독이 나온다 하찮은 것이 들어와도 내 안에서 산뜻
하고 귀함이 되는 그릇, 마음 맑히기

그동안 내가 삼킨 약만 몇 박스는 될 것이다 그 약들은
내게 와서 무엇이 되었는가

골목을 나오는데 호롱불 같은 분꽃들 고개를 끄덕거
린다

내 탓 네 탓

연둣빛 잎새 사이로
연꽃 한 송이 걸어놓고
내 지은 업 그 아래 다소곳이 엎드린다

무엇을 봐야할지
무슨 소리가 들리는지
잽싸게 시선을 피하고 겉모양만 남아 있는
그 속에선 모든 것이 미혹하다

미움을 미움으로 엮는
굽이굽이 난산 끝에
바닥까지 비워낸
생각의 큰 그릇
모든 것 내 탓, 내 탓이로소이다

묵묵히
부처님의 말씀 속으로 걸어 들어간다

벽조목

수천수만 번의 몸부림
찰나에 관통한 불빛에 생을 접었다

죽어 다시 태어난 벽조목
누군가의 이름을 고이 받들고
그 이름으로 다시 살아간다

바짝 마른 제 한 몸 불길 속에 바치고서

베푸는 것이 무엇인지 아는 순간
아름다움을 품었다

내 안의 목련

하늘과 땅 사이
가장 높은 슬픔
내 안에 목련 한 그루 서있다

눈물의 잔가지가 어둠뿐인 몸에
홍역처럼
일 년에 한 번 기력을 다해
가지 끝으로 밀어 올린
저 목필
하얗고 고른 치아를 내보이며
파르르 떤다

4월 어느 날
방금 동안거를 끝낸 후 흐르는 법열
수백 수만 송이의 꽃가지를 들어 올린다
오는 봄 다 불러 모아
일일이 머리에 혼불을 달아준다

실명제 보시布施

누구나 세월 따라 옷을 갈아입는다
실명제 헌금, 실명제 시주
이제는 신용카드 보시라니
쓰다듬고 눈물 닦아주신 큰 자비 한 가슴
인터넷도 배워야 사는 이 시대의 부처님들

댕그렁댕그렁 범종이 큰 소리로 울고 간다
마음 베풂 훈훈하게
눈빛 베풂 따스하게
표정 베풂 온화하게
말씀 베풂 더욱 곱게 하라고

매순간 끙끙대며
입으로 몸으로 짓는 업장 만 리
멀고 먼 지혜의 언덕은 아직도 가물가물

다사로운 불전佛前에 무릎 꿇고
햇살 한 줌으로
과장된 나의 감상을 말린다

바라나시

허름한 옷 걸치고 인도에 가 보아라
눈물이 찰랑이는 그 영혼에 무지개가 뜨는
그곳에 가 보아라
열화같이 뜨거운 갠지스강
삶과 죽음이 한 곳에서
슬퍼하는 사람도 죽음에 대한 두려움도 없다
여명 속에 새로이 태어나고자
업을 씻고 또 씻어낸다

두려움도 다툼도 말하지 말라
거리에는 맨발의 가냘픈 사내가
하루의 끼니를 위해 릭샤의 페달을 밟는다
버스, 트럭, 오토바이, 자전거와
행인보다 의젓한 소가 어우러진다
남녀노소 걸인들 순례자의 행렬 한길이 미어진다

어른도 아이도 소년도 소녀도
시선이 닿는 곳마다 서늘하고 깊은, 평화로운
이 세상은 수행터다
소유하지 않는 행복

수십 년 전이나 지금이나
그 빛 강렬한 바라나시

이 순간 내 허욕과 사치가 무엇인지
진실로 투명한 영혼을 위하여
우리는 인도에 간다

풍경風聲

지리산
천상과 맞닿은 기슭에 가람伽藍 한 채
홀로 면벽 삼매중이시다

추녀 끝에 앉은 맑은 목소리 이따금 화답한다
먼 길 걸어온 바람 한번 찾아주면
비로소 꺼내는 허공의 소리
한 세상 열고 있다

내 안의 무명無明

한 걸음 물러서서
가슴에 풍경 하나 매달고 살아간다

산에 들다

설악산 신흥사 입구에서 만난 찻집 갓 볶은 커피 향에
흠뻑 젖는다 산의 체취가 있듯이 열매도 체취가 있다 허
공도 냄새가 있을까 잠잠히 하늘의 이야기를 듣는데 함
박눈이 겨울나무 어깨를 툭 친다 흩날리는 눈발 사이사
이 가슴이 젖는다 바람으로 비우고 다시 바람으로 채워
진다 귀머거리 벙어리 저 묵묵한 수행자 언 손 내밀어
허공을 붙잡는다

깊은 눈빛
절집 마당 5층 석탑 꼭대기에 머문다

7월 연밭

두물머리의 여름
두 갈래 강줄기가 이곳에서 만나듯이
푸른 연밭을 만났다
꽃은 일러서 피지 않고
청심향淸心香 같은 숨소리만 고였는데
타닥타닥 연밭으로 쏟아지는 빗줄기
둥근 치마폭 위로 초록이 튀어오른다
빗방울들
허공을 적시며 둥근 이파리에 내려앉는다

저것들 다 받아 안는 너른 치마폭
꽃대는 어디에 숨겨두었나

고요히
이파리로 핀 침묵을 듣는다

산국山菊

청자색 다기를 가만가만 헹구고
말간 물에 산국山菊 두어 송이

한 올 한 올
꽃잎이 기지개를 켠다
지루한 잠이 풀려나오고
잘 영근 가을볕이 쏟아진다
생전의 그 모습 가을날의 단아한 영혼

치잣빛 샘물 찰랑인다
향내 오롯이 채워도 모자라고
비워내도 비워지지 않는
무념무상無念無想

꽃씨를 받듯 고요히
찻잔 안에
저 건너편 세상이 안부를 묻는다

작별에게
-퇴원전야

달포 동안 익숙해진 창유리 저 너머로
낯선 세상이 들어온다

밤의 숨소리 심해처럼 깊고 어둡다
시커먼 자동차들 꼬리를 물고 달리는
도시의 하얀 강물 위
시간은 맹렬하게 질주한다

갑자기 혼비백산
복도 맨 끝 방에서 들려오는
서늘한 흐느낌

늦은 밤
또 누가 맨발로 지상을 떠나는가

이 순간 낭떠러지 끝에서
나를 살리는 링거액
똑, 똑, 똑
목숨처럼 선명하다

종소리 울린다

여의도 성모병원 영안실 안마당
새벽부터 조문객들이 술렁거린다

건너편 담 너머 추락하는 나뭇잎이
바람의 힘을 빌려 한 생을 허공에 기록한다

이승의 사랑, 별꽃 초롱초롱한 시어들이
하늘로 징검다리를 놓고
나뭇잎은 지상에 내려앉아 별이 되는 시간

마주보던 이름
무심히 돌아누워 먼 길 떠나는데

눈물에게
빈 나뭇가지들이 종소리를 울려댄다

새해가 달려옵니다

마지막 남아 있는 시간들이 나를 일깨웁니다
달력 속 새까만 숫자 속에 꼭꼭 박혀
열두 달 숨차게 배달된 빨간 뉴스들
때때로 힘들던 슬픔이며 부끄러움까지도
오늘은 선한 마음이고자 합니다

작은 일에도 흔들린 날 많았습니다
무엇을 핑계 삼고 누구를 믿지 못한 부끄러운 날들
되풀이 하는 잘못에서 이젠 제자리로 돌아와
물이 낮게 흐르는 소리, 바람이 아파하는 소리를
고요히 듣겠습니다

삼백예순날 숨어서 발효된 시간들
묵은해도 새해도 다 희망입니다
텃밭 마늘 싹 언 땅 뚫고 솟아나듯이
이제 막 고개를 내미는 새날 새순들의 합창소리
싱그럽게 목청을 틔웁니다

정갈하게 몸과 목소리를 씻어내고
푸른 물결 굽이치는 강 언덕에 서서
달려오는 새 아침을 맞겠습니다

겨울 들판

헐벗은 성자

다시 빈손이다

다 버린 눈빛이 깊다

바닥까지 깊어진 것들

끝인 듯,

끝이 아니다

제3부

깜짝 선물

개망초 억만 송이

섬진강 긴 언덕을 따라
억만 송이 자잘하고 별빛 같은 것들
무심히 강물을 내려다본다

아무 일도 없었던 것처럼
마구잡이로 뿌려진 희디흰 어지럼증
당기면 쏙쏙 뿌리가 뽑히고
낫을 휘두르면 야윈 꽃목 댕강댕강 잘려나가는
다시 뒤돌아보면 어느 틈에 무성한
질기고 질긴 눈물 같은 것들

이따금 강바람이 솟구쳐 언덕을 달려가며
그들의 이름을 낱낱이 불러준다
호명된 꽃들 자지러진다

누추함도 떼 지어 아름다운데,

내 가슴속 시의 꽃그늘이 우르르 쏟아진다

깜짝 선물

비 갠 아침
아파트 마당 귀퉁이 고개 내민 풀꽃 한 송이
시멘트 갈라진 틈새로 빛을 향해 천천히 걸어 나오네

꽃대궁 우듬지에 둥근 햇무리
작고 부드러운 노란 꽃술들
그 뜨거움 뒤에 숨어있는 목 메임

진종일 해를 향해 펼치는 가녀린 숨소리
눈물의 기도는
마침내 한 줄 시詩로 태어나네

매미의 꿈

도심의 가로수에 업힌
매미 한 마리
울음으로 생애를 끊어내듯
온몸을 비벼 소리를 짜낸다

수년
어두운 땅 속에 갇혀 있던 꿈

투명한 모시적삼을 입고
혹독한 여름 끝자락을 들었다가
놓는다

동백꽃 열반涅槃

동백이 타 오른다
참숯불 같은 열정 오롯이
혼자 깊어진다

사랑이 이만큼 차올라
더는 참을 수 없어
봉오리째 떨어지는 단호함

은장도를 품은 저 여 여인들
선홍색 노을을 토해내며
끝내 붉은 눈자위 하직한다

뚝, 뚝, 뚝,
천길 낙하의 절망
이승과 저승은 찰나와 영원

비로소 열리는 열반의 하늘

녹색 청정제

가을볕에 짙푸른 플라타너스,
나무의 손끝에서 부채살 반짝이며
말을 걸어오네

저 싱그러운 잎, 잎잎에 마음 환해지네

달구어진 아스팔트
폭우에 시달리던 낮과 밤
어찌 저 반짝이는 잎을 매달 수 있었는지
홀로 휘어지고 굽이치며
어둠 저 밑바닥에서 길어 올린 녹색의 청정제

늦은 시간까지 제 몸을 부싯돌처럼 켜대는
선하디 선한 그늘 아래
곧잘 하던 거짓말도 차마 할 수 없네

벚꽃, 낙화의 계절

바람이 툭 건드리는 꽃의 어깨

한 생애 한 근심 벗어놓고
작은 송이 큰 송이 어우러져 흥에 겨운
한바탕 놀이판도 동났다

한 번의 봄비에 허공이 어두워진다
지친 꽃잎들
간밤에 일제히 낙화를 결심했다

세상을 덮던 자잘한 흰 무리들
찬란한 절정에서 와르르,
이리저리 뒹구는 지상에서의 짧은 날들
흰빛 떠나기 전 성급한 초록이 밀고 나온다

무성한 빈자리는 곧 채워질 것이다

넝쿨장미

6월의 넝쿨장미
가슴이 뜁니다

까르르
해맑은 웃음소리가 들려옵니다
윤기가 흐르는
입술이 붉은 열아홉 살
한껏 기쁨으로 치장한 그녀들
거기 모였습니다

무엇이 그리도 신이 나는지
담장에 걸터앉아 손과 손을 붙잡고 한들한들
눈부시게 재잘대는 수다쟁이들
오가는 지친 몸과 맘에
꽃피를 수혈해줍니다

아름다운 늦봄
그 기쁨
온몸에 전염됩니다

배롱나무

배롱나무 어깨위에 진분홍 꽃구름 얹혀있다

철길도 휘어지는 삼복
보송보송한 꽃잎파리들
단단한 뼈를 딛고 빛이 터져나온다

화무십일홍은 자취 없고
올여름도 100일간 풀어놓을 천상의 향기
화려하지도 가볍지도 않은
정물화 한 폭

꽃구름
머리 위로 고요히
홀린 듯 그 향기 속을 흘러다닌다

9월이 걸어오네

이 고요 흠집 날까 머뭇거리네

맹렬했던 시간 알맞게 식어
온갖 생각들 숨소리도 멎었네
구름꽃 사이로 흐르는 구름한 점
지난여름 안부를 메고 건너가는 뒷모습

지상의 햇살이 부서지네
오가는 풍경 뒤로
고요히 9월이 걸어오네
두 손을 펴든 채 침묵하며
내가 거기 있네

박인환의 10월에

　달빛은 가을 산 계곡을 따라 하얗게 내려온다 천지에 깊어진다 하나같이 노을빛 옷을 걸치고 하나같이 가슴을 쥐어짜며 하늘의 구름 한 조각 멍하니 바라본다 달빛 같은 사내가 방울소리 쩔렁이며 10월을 몰고 온다 그저 낡은 잡지의 표지처럼 통속한 세상으로 그가 다시 온다
　통속할 건가 외로울 건가 아니면 목마를 탄 숙녀처럼 혼자 갈 건가 사랑이 사라져도 아직 남아있는 가을로 마음을 데운다 응답처럼 나뭇잎은 떨어지고 한 사내는 훌쩍 10월을 몰고 사라진다

벚나무 소묘

우리 집 벚나무 한 그루
숙연해졌다
온 몸에 노을빛 물감을 뒤집어쓰고
지금은 11월이라고 고요히 말한다
후둑후둑 뛰어내릴 준비를 다 마쳤다
좀 이르지? 아니야 지금이 딱 좋단다

얼굴위에 티끌 한 점 없는 허공이 내려온다
허공이 된 이파리들
손과 손을 붙잡고 잠시 침묵 중

눈물이 된 벚나무

아래로 아래로 기억이 쌓인다

행방불명 行方不明

오만 원 권 지폐가 집을 나서면 미아가 된단다
한국은행 발표에 의하면
은행을 떠난 돈이 돌아오는 확률은
천원 권, 만 원 권은 70퍼센트
오만 원 권은 30퍼센트도 귀가하지 않는단다
한때 후미진 산 아래 콩밭 깊이깊이
신사임당 여러 분이 대피 중이셨고
007가방 사과궤짝 속에
헤아릴 수 없는 신사임당이 은신 중이라고 한다

누구든지
신사임당을 바라보는 눈길이 심상치 않다

하지만
한 뼘도 안 되는 손때 절은 종잇장 위에서
묵포도도墨葡萄圖 곁에 가체를 틀어 올린
둥그런 얼굴은 고요하기만 하다
사계절 내내 오죽헌 뜰에서는
풀벌레가 날고 매와 난이 화선지 위에 몸을 푼다

그 시대
그림과 글씨와 글을 닦은
조신한 조선 여인의 행방이 묘연하다는 보도에
어찌된 일이냐고 찾아가 묻고 싶어진다

지하철 전쟁

"조실부모했어요. 천지간에 불쌍한 사람입니다."
(한 푼만 줘, 나 좀 쳐다 봐. 너 지갑 안 열거야?)
'못 주겠다 그래 어쩔 건데?'
(눈꺼풀 힘주어 잠자는 척 버티는 승객)

조금 전 무릎 위에 뿌린 0.1그램 종잇장 위로
쾅! 핵무기 터진다
판사의 형벌
"나쁜 년, 천벌이나 받아라." 땅, 땅, 땅,
—걱정 마라 하느님은 나 같은 사람 안 잡아 가신다—

다음 칸에서 여전히 째지게 협박하는 사내
(그래? 그럼, 누가 이기나 또 해볼까?)
"중얼중얼…… 아내가 암에 걸렸어요 거짓말 안 하고
진짜 불쌍한 사람이라구요! 동전 없으면 지전도 받아요"
대사를 외우듯 반복한다

지하도 바깥에선 꽁꽁 언 겨울밤이
다이너마이트를 터뜨리고 있다

푸어poor 전성시대

집 지닌 빚쟁이 하우스 푸어,
치솟는 전세자금 렌트 푸어,
근로빈곤층 워킹 푸어, 자녀 교육에 등골이 휘는 에듀 푸어,
빚과 결혼하는 웨딩 푸어, 노후에 허둥대는 실버푸어
베이비 푸어, 카 푸어, 실버 푸어, 푸어, 푸어…
거대한 푸어 숲
목젖까지 숨차다

하루 25시
매시간 발로 뛰고 머리로 뛰어도
늘어나는 워킹 푸어 공화국
빈곤의 늪에 빠져 허우적거려도
도시는 점점 비대해진다

저마다 뒤엉킨 마음 한 자락 숨기고
투잡으로 또 하루를 버티고 있다

팽목항의 봄

이곳에는 정녕 봄이 오지 않았다
눈물을 뿌린 자리
아무것도 싹트지 못했다
방파제 난간에 무수히 나부끼는 노란 리본
대답 없는 4월은 홀로 떠났다

꽃 같은 자식들 찢긴 파도꽃으로 오려느냐

만 리 꿈길을 헤매는 바다에게 묻는다
어떻게 차마 그럴 수 있느냐고
말없는 맹골수로 물결만 출렁인다

이제 일어나 가리라
풍랑 치는 밤이나 낮이나 저 아득한 언덕
가슴 깊이 먹먹한 그 소리 들리는 곳으로

오늘도 여전히 밥을 먹고 숨을 쉬는
죄스러운 봄날
눈물이 납덩이처럼 가라앉은
진도 팽목항 앞 바다

우리는 너희를 가슴에 묻고
무심한 햇살만 부서지고 있다

스마트포니쿠스

어둠속이거나 빛 아래서거나
호기심이 세상을 두들기고
운명을 그어대는 손끝
어지럽다
헤집을수록 멀미나는 삶의 정글 속에서
우두커니 바라본다

낯선 블랙홀 속 이방인들

제4부

수평선 위에 잠을 올리다

수평선 위에 잠을 올리다

그 섬을 데리고 떠났다 뜸부기 미역냄새가 배인 스무 살을 가슴에 안고 수십 개의 나이를 허리에 둘러도 푸른 대밭처럼 살아난다 부르지 않아도 먼저 달려와 반기는 남녘바다 새를 닮은 조도鳥島 소슬히 품고 비린내 여전히 남아 순전히 그 힘으로 예까지 왔다 잠은 늘 그쪽으로 기울고 밤은 수평을 잃었다 누가 그 망망한 저울에 내 삶을 올려놓았을까 철썩철썩 뒤척이며 밤이 우는 소리, 바다는 붉은 심장으로 잊었다 잊었다가 흔들린다

울컥, 아득한 그리움 위에 올려놓은 내 잠이 이제껏 출렁거린다

어머니의 거짓말

숨죽여 우는 일밖에
아무것도 자신이 없었나 봐요

부엌 아궁이 앞에서
밭이랑에서
가난과 땀방울에 흥건히 젖던 어머니

눈물에 젖어오는 침묵
목구멍 깊숙이 밀어 넣으며
"나는 안 춥다."

모진 청춘
쓴말 입에 달고
맨몸으로 세상을 버틴
겨울사시나무

백한 살의 미소

　전라도 광주 '사랑의 집'에는 기저귀 찬 어머니가 계신다 백 년에 한 살을 더하신 어머니는 긴 한 생을 동행한 손이며 팔이며 다리가 빈 나뭇가지처럼 거죽만 남았다 두 손 밧줄로 묶어 인민군이 데려간 남편 숨결마다 따라다니던 모진 그리움도 가물가물, 피멍이 들게 한 육십 여 년이거나 허기진 그 세월 헤치며 겉보리 죽으로 키운 여섯 남매를 향해 눈물커녕 그럴 만한 내색 하나 보이지 않는다 백 한 살의 천사는 지전이 누런색인지 초록색인지 구분 못하면서 개수個數만 많으면 "고맙습니다"를 연발하는 그저 말간 미소뿐이다

옛 달이 뜨네

추석날이면
어머니 치마폭에서 달이 떴네
가마솥에 감잎을 깔고
햅쌀가루와 어우러진 쑥잎, 모싯잎
참기름 발라 매끈매끈한 달이 떴네

추석 전날 밤 식구들 둥글게 앉아
풋콩을 넣어 송편을 빚었지
휘영청 달빛은 더 밝아오고
바람에 실려온 별들이 툇마루에 부서졌네

"곱게 빚어야 시집가서 이쁜 딸 낳는다"
어머니 말씀 한 마디에
나뭇가지에 걸린 달님이 살포시 웃고
우리는 소리내어 웃었지
그 기억을 치대며
내 딸에게 똑같은 말하네

백수를 넘기신 어머니
창호지에 함빡 젖는 추석달님도 잊으셨는지

손녀가 넣어주는 달떡 한 입 오물거리며
"이것이 뭐여"

진도珍島, 진도의 손

남녘바다에 눈송이가 꽃잎처럼 깔린다

단발머리 소녀 하나
울돌목 진도대교를 달려간다

한겨울 거센 바닷바람
나룻터에 배를 기다리는 사람들이
그 바람 속으로
세발 낙지 한 입에 홍주 한 잔씩
강강술래 강강 수월래 달빛 가락 위로
아리아리랑 스리스리랑
몇 장의 빛바랜 흑백사진이 나부낀다

짙붉은 홍주빛깔처럼
늙지 않는
그 이름

진도珍島의 손을 덥석 잡는다

파꽃 소묘

늦가을 텃밭에 파꽃
잎새 하나 매달지 않은 파란 줄기
심금을 울릴 듯 텅 비어 있다

꽃이면서 꽃이 아닌 양 둥글게 말아
꽃술 사이사이 까만 씨앗
마지막 생을 다지는
텃밭 가운데 허옇게 피어오르는
매운 향기

어머니

단장의 미아리고개

서른일곱 청춘 펄펄 끓으며 기다렸다 '십년이 가고 백
년이 가도 살아만 돌아오소. 울고 넘던 그 고개여!' 60년
을 기다렸다 때로는 불이다가 얼음이다가 온몸 진액까
지 다 써버렸다

전답 몇 뙈기 앉은뱅이 재봉틀 끌어안고 내 새끼들 배
고프면 어쩌끄나 홀어미 자식이라고 손가락질 하면 어
쩌끄나 나는 못 배운 것이 한이다 희미한 30촉 전깃불
대신 기역자 모양의 군용 후레쉬를 교과서에 비추며 밤
새워 시험공부를 함께 하던, 100촉보다 눈부신 그녀

찬물에 식은 밥 한 덩이로 설움을 삼켰다 시퍼런 보리
밭 꺼끄러기에 긁혀 질긴 심줄만 남은 손끝으로 치렁치
렁 열무김치 찢어 "묵어봐라 겁나게 맛있쟈" 아삭아삭
맛나게도 자시더니 해맑은 틀니 몇 개 오물오물 그저 아
득히 바라만 보신다 그 눈 속에 세 살배기 내가 들어있
다

현모상, 장한 어머니 표창장 누렇게 바랜 종이 몇 구절
속에 그녀 100년의 삶이 펄럭인다.

의자

오래된 의자 하나
네 다리가 전부인 그는
묵묵히 누군가의 뒷모습만 바라본다

어릴 적부터 무릎을 내어주던 의자
그 무릎에 매달려 살았다
허락 없이 감당 못할 근심을 내려놓고
홀가분하게 빠져나온 적 많았다

아무 때나 찾아가던 그 무릎
그것이 내 자리인 줄 믿었다
아이고! 뼈마디를 찌르는 신경통으로
절룩거리며 온 노년의 시간들
그 고통을 깨닫지 못했다

이제 나를 의자라 부르는 아이들,
나는 가끔 그 무게를 안고 삐걱거린다

이 세상에 가장 편한 의자는
어머니였다

푸른 스무 살

내 스무 살은 바다

홀로 바다 끝에 서서 막막한 수평선을 향해
고함을 질렀지
모래 한 줌 쥐었다가 손가락 사이로
허망하게 날려 보냈지

내 스무 살은,

뜻모를 파도가 철썩거렸지
해거름 묵묵히 갯바람 쓰다듬으며
물길 너머로 조약돌을 팔매질하던
그때는 그것만이 전부였지

한 잔의 차를 마시는
반백의 시간

아무리 생각해도 쓸쓸한 향기 한 줌

관계

언제부턴가 나란히 앉아
각자 반대쪽으로 몸을 기울이는
두 방향의 기울기
허겁지겁 넓어지는 간격
지구상에서 가장 치열하게 전쟁을 치른 종족

그대
다 버리면서 선정에 드는 중이신가
이미 한판 맞붙을 생각마저 접고
주변만 고요히 맴도시네
돋보기 맞대고 아옹다옹 실을 꿰면서
바늘귀 그 비좁은 구멍을 통해
계면쩍은 눈웃음

결혼한 사랑은 사랑이 아니라고 누가 감히 말했나
수십 년 세월의 강
어쩌다가 쓸쓸한 등 너머
야윈 가슴 엿볼라치면
그 그물에 걸려 번번이 넘어지곤 하네

내 마음의 삼막리

이 겨울 변함없이 엄마 손 잡고 외갓집 간다
동백꽃 싱싱하게 붉던 길
함박눈 풀풀 날리는 수묵화 속
"아가, 빨리 걷자, 해지기 전에 도착 못허겠다"

신작로 30리를 걷고 까우락진 산 고개를 넘어 다시
굽이굽이 산길을 걸어 꼬박 반나절을 걸으면 외가가 보인다
자박자박 걷고 걸어 그 높은 산 고개를 넘을 무렵
초록 잎새 사이로 흰 눈을 소복이 안은 여인
선홍빛 꽃잎에 샛노란 꽃술 동백이 선하게 웃고 있다
향기롭던 내음 코끝에 아른아른
툭, 겨울 한 송이 지는 소리
외갓집 앞마당 탱자나무 울타리에도
밤새 내려앉은 눈에서 노란 탱자꽃 향내가 난다

춘화 소동

산벚꽃 산수유 맹추위와 몇 판 붙고도 끄떡없네
섬진강변에 불 질러놓고 봄은 꽃뱀처럼 기어가네

밭둑과 산자락에 바람은 분분히 봄의 씨를 뿌리고
또 어디에 바람을 뿌리러 간 것인지,
먼 산 아른아른 봄볕은 따사롭고 오슬오슬 한기가 돌아

어쩌나, 지병이 도졌네

그 꽃잎들 참 부산스럽던, 꽃처럼 눈자위 붉던 날처럼
어쩌자고 내 마음 다시 소란스럽네

천지 물들이는 춘화春畵 속에
혼자 망연히 걸터앉아

내성외왕 內聖外王

'우리 집 텃밭이 초록으로 가득하다'
작은 오빠 카톡으로 7월의 향기 가득 날아왔다
한 평 남짓 텃밭에 고구마순 넝쿨이 녹색융단처럼 덮이고 그 곁에 줄지어 서 있는 풋고추, 아직 솜털 보송보송한 오이, 돌담 가 호박꽃이 노랗게 웃는 배경 속에 렌즈를 향한 두 마리 백구의 눈빛이 해맑다

그는 홀로 고향의 폐가 뜨락을 지킨다
정적이 무성한 빈집에 30촉 전구를 켰다
만날 때마다 쥐어주는 말 '다 내려놓고 즐겁게 벗하기'
텃밭 강의실에 촘촘히 사계를 들여놓았다 다정다감하게 자모의 씨를 뿌리고 싹을 내밀면 새 이름표를 달아주고 푸른 손을 붙잡고 맑은 눈을 맞추는…

남은 생애의 은은한 향기
해질녘이면 선산에 올라 한 줌 흙으로 돌아간 아버지를 부른다 참 좋겠다 오빠는,
말년의 뒷모습 가히 내성외왕 內聖外王이다

그 시간과 마주치다

모든 익숙한 것들이 떠나갔다

항상 품안의 아이였던 아들 곁엔
어미 손길보다 살뜰한 제 짝이 생겼고
아들이 쓰던 문간방 침대엔 늙은 남편이,
밤 9시쯤이면 초인종 소리가 이정표처럼 펄럭이는데
나는 왠지 이가 시리고
요즘 따라 손가락 관절도 말을 듣지 않는다

뭍과 바다를 배 하나로 묶어두던 우리
저 깊숙한 곳에서부터
낯선 시간과의 만남

언제부턴가 11월 바람 한 자락이
대답처럼 가슴을 휘감고 간다

제5부

가을나무에서
봄꽃으로

말뚝

목포!
부르면 더 갈 수도 없는 마지막 역에서
파도가 출렁대는 부둣가로 데려다준다
흘러나오는 '목포의 눈물'
오래된 여객선과 고깃배 옆구리를 친다

선창가
건어물전 문어는 피가 다 타버렸다
마른 심장의 빛깔로 누구를 기다리는가
삼학도 파도소리 뭍의 한 복판을 돌아나간다
부두에 매달려 평생 늙어버린 작부의
흡반처럼 달라붙는 그리움
아득한 뱃길 깊은 수심에
그녀는 여전히 말뚝으로 서 있다

환청 같은 뱃고동 소리 들렸는가
갯바람에 오늘도 늙어간다

속삭임

북한산 둘레길을 홀로 걷는다
흙을 밟고 숲을 거느리고 간다

자연은 가슴을 열어
속살까지 보여준다
작은 풀꽃들 뜨거운 숨을 내려놓고
묵상을 한다

품안으로 안겨오는 숲의 숨소리
나를 불러내 호젓하게 만나는 시간
돌아보니 걸어온 길이
굽이굽이 숨차다

느릿느릿 걷는 동안
텅 빈 마음의 곳간이 차오르고
메마른 발자국에 푸른 싹이 돋는다

가을나무에서 봄꽃으로

툭, 주홍 노을의 발치에 떨어지는
한 장
가랑잎의 무게

무심한 소복素服으로 엎혀 기도하는
나목
영혼의 무게

겨우내 땅 속 깊숙이 두근거리며
숨죽여온
기다림의 무게

배추농사

배추는 발을 땅속 깊이 묻은 채

흙속의 꿈을 불러 모은다

볕에 여물어 초록 잎사귀가 반짝거리기도 전에

미물에게 베푼 한 끼의 식사

허기진 벌레에게 몸을 내어주고

상처난 이파리 그 구멍 사이로 이웃이 보인다

상추도 깻잎도 고춧잎도 풀죽어 있다

모두 상처를 보듬고 있다

아프지만 벌레의 우화羽化를 생각하면

그 상처마저 내려놓는 짧은 한 생애

배추밭으로 배추흰나비 노랑나비가 몰려든다

고추꽃

자그만 흰 꽃잎 짙푸른 이파리에 묻혀
꽃이 아닌 듯 수줍네

이글거리는 뙤약볕, 한나절 마시고
마디마디 뼈를 늘려
튼실한 고추를 낳을 것이네

짙푸른 주머니에 하얀 씨를 담고
빨갛게 독이 올라
매운 자식들 주렁주렁 쏟을 것이네

태양을 닮아
저 흰 별은 낮에도 빛이 난다네

이른 봄

보드라운 볕에
봄은 화장을 고치고

여린 쑥잎 쏘옥, 냉이뿌리가 땅의 기운을 빨아올린다
검붉은 흙을 뚫고 솟아오르는 묵은 파
제법 발기가 힘차다
봄동의 앙가슴 샛노랗다

호미 날에 놀란 흙
텃밭은 흙냄새를 뒤적거린다
더없이 맑고 탱탱하던 한 시절이 발아한다

텃밭을 더듬던 발등이
대파와 봄동의 향기에 젖는다

3월 아침을 만나다

신새벽
잠깨는 숲속에 가 보아라
미명의 어둠 속으로
마음 마디마디
수액樹液 길어 올리는 소리
우렁차다

부드러운 햇살이 툭툭 치고 가면
침묵하던 들녘 연록의 새순들
저요, 저요, 햇부리 내밀며
환한 얼굴
저 들판을 건너온다

오늘
두근거리는 새 아침
내 안의 빛과 어둠 서로
눈을 맞춘다

내 오늘은 순천만을 찾아가리

끝도 없이 펼쳐놓은 세상

가을빛이 먹먹해지면
순천만 갈대밭을 찾아갈 일이다

기우는 햇살 붉게 타고
광활한 갯벌 사잇길 따라 흔들리는
무채색 바람의 숲
헝클어지며 서로의 빈 가슴을 쓰다듬는 숨결
흑두루미 먹황새 노랑부리저어새떼
고고하고 황홀한 비상의 몸짓을
숨죽여 들어보리라

잔잔하게
때로는 울컥
삶의 형틀에서 벗어나
서걱거리는 갈밭의 적막에 젖어
갈대꽃으로 허옇게 쓰러져보리라

당신의 파도

이 겨울 홀로 동해에 갔다

파도는
청남색 눈발 사이로 뭍을 향해 달려든다

무수한 파도의 팔들
온통 맨발로 일어서서 달려들다가
제 키만큼 추락을 한다

내가 그를 바라보는 동안 그는 살아 있다

때때로 숨 고르며 살아가는 속사정
목울대까지 차오른 말

바다는 제 마음을 숨기지 않는다

심연深淵

서너 평 남짓 서재

고전이 되어버린 백과사전은 머리에 허연 서리가 앉고
열띤 토론을 벌이던 칸트 사르트르 니체, 괴테와 이상은
요즘 묵묵한 표정

잉크냄새를 걸치고 산뜻한 치장을 하고
서재를 노크하는 자 누구인가
매일 한 명씩 줄지어 내방에 들어서는 그들
젊은 그와 눈이 맞는 순간
맛깔스런 대화로 밤을 새우기도 하지만
이내 역할이 끝나면 내 관심을 벗어난다

들고 나고
맨바닥부터 차곡차곡 꼭대기까지 올라가는 책의 높이
그들, 이제부터 하 세월 목이 빠진다

한번 보고 다시 찾아주지 못하더라도
결코 내치지 못하는,
오늘도 누구를 스카웃할 것인가

백발이거나 청춘이거나 그것이 누구일지라도
다 껴안고 시간 속에 잠긴다

장마 끝

폭우가 그치던 날 강물은 속을 들추어냈다
어구에 맘껏 토해놓은 울분들
고요와 무심을 까맣게 물들이는 강물의 반란이다

유유히 흐르는 표정 어디에 저 많은 상처가 숨었을까

그 속 거침없이 쏟아내고도 여전히 태연하다
사뭇 기진맥진할 것 같은데
맑은 가슴 원래로 되돌아가는 후련함은 이렇게 오는가

그것들 몽땅 빠져나간 거기
강은 모처럼 탁한 피를 걸러내고 실핏줄까지 환하다

소나기

참았던 속내가 지상으로 쏟아진다

낱낱이 부서져
불쑥 소매 걷어붙이는 우격다짐
목청이 터져라 질러대는
그 성깔 화끈하다

휘청거리는 나무들
가지마다 주렁주렁 걸린 투명한 말씀들
하늘의 말을 온몸으로 받아 적는다

질척거리던 가슴이
후련하다

우기 雨期

습기 품은 폭염
안팎으로 푸른곰팡이 꽃 핀다

대리석 빌딩 발밑이나 혹은 누구네 담벼락 끝에
치근대는 빗방울
이제 빗발들은 지쳐서 길바닥에 드러눕다가
지하 셋방으로 걸어 들어가고
다섯 명 식구의 목숨줄
가장의 질긴 신발은 빗소리에 갇혀
맥없이 쓸쓸해지고
그럴 듯한 명분 물웅덩이에 넘어진다

가장 낮은 자리에
등을 구부리고 앉은 할머니는
아파트 후문 몇 뼘의 맨 바닥이
컴컴한 셋방보다 편안하다
푸성귀 몇 가지 펼쳐놓고
곧 학교에서 돌아올 손녀를 생각한다

컴컴한 구름 뒤에서

햇살은
빌딩 위나 후미진 웅덩이 근처거나
감나무 잎 하나에도 똑 같이 빛나는 연습중이다

하늘 멍석

함박눈이 배꽃처럼 내리는 앞마당
하늘이 부지런히 멍석을 편다
순백의 멍석 위에 싹이 튼다

따뜻한 시간이 두근거린다

사방으로 흩어진
자투리 마음들 옹기종기 둘러앉아
봄春을 짓듯
안부를 이어붙이면
윷이 되고 모가 되려나

저 하늘멍석에 윷가락처럼 마음을 던져보는 날

하느님도 서둘러
윷놀이하러 오신다는
문자 메시지가 도착했다

모래섬 나무들

모래섬에 깊이 뿌리를 내리지 못한
구새 먹은* 나무들
작은 바람에도 쉽게 눕는다

종로3가 전철역 인파 속을 빠져나와
종묘시민공원을 조용히 서성대는 나무들
그 시절로 갈 수 없는 꿈이 온종일 공원을 맴돈다

하릴없는 나무들 헐거운 시간을 조이고 있다

무성하던 느티나무, 소나무, 회양목, 주목
그 곁에 빛바랜 향나무 한 그루
아무도 귀담아듣지 않는 이야기
헐렁한 앞니 사이로 빠져나간다

그들
저녁노을이 해돋이보다 더 붉다

* 살아있는 나무의 속이 오래 돼서 저절로 썩어 구멍이 뚫리다.

여름의 끝

오래된 침묵을 깨뜨려 본 적 있는가

그 여름
끝도 없는 장마에 하늘이 갈라지듯 폭우가 쏟아지고
토사와 쓰레기로 뒤범벅이 된 도시

우면산이 심장을 부둥켜안고 계곡을 내려왔다

서리풀 무성한 마을
나뭇잎 사이로 햇빛이 반짝거려서 좋고
까치가 날고 산비둘기 홀로 울기도 하던 뒷동산

생태공원, 등산로, 산책로, 터널, 주택
개발이라는 이름으로
시름시름 가슴앓이 만신창이가 되더니
더는 견디기 힘들었다
산은 크게 울었다 그리고,
영정사진 한 장 없이 홀연히 떠났다

전원마을 출근길에 드러누운 청춘

보일러실에 갇힌 아버지
영문도 모르는 갓난애의 울음
억장이 무너지는
여름의 끝에서 억새꽃 흰무리 흩날린다

누군들 한바탕 쏟아져 내리고 싶지 않겠는가
속울음 긴 침묵을 아는가

시의 산도產道는 좁지만
시인의 길은 영원한 것

이 승 하
(시인 · 중앙대 교수)

　여기, 교육 일선에서 한평생 학생들을 가르치며 살아온 분이 있다. 광주교육대학을 나와 상명여자사범대학 국어교육과와 중앙대학교 교육대학원을 졸업하고 교육자의 길을 최근까지 걸어온 것이다. 중등학교 재직시 모범공무원상(국무총리상)을 받았고 정년퇴임시에는 홍조근정훈장을 받은 것으로 안다. 1997년에 시단의 일원이 되었으므로 등단한 지는 약 18년, 이제 신진을 넘어서 중견으로 발돋움하고 있다고 해야 할 것이다. 제3시집 원고를 전달받고 순수서정시를 지향하는 하순명 시인의 시세계를 어떻게 잘 펼쳐가야 할 지 매우 조심스럽다.

　우선 시집 제목으로 삼은 시「산도」앞에서 옷깃을 여미고 정좌한다.

때때로
우두둑 부서지고 깨져
한 귀퉁이 간신히 뵙게 되는

혹독한 열반

언제나
시詩의 산도産道가 좁다

—「산도産道」 전문

　　원래 산도란 산모가 분만할 때 태아가 통과하는 통로
를 이르는 말인데 여기서는 그런 뜻으로 쓰이지 않았다.
'시의 산도', 즉 시 한 편을 쓰는 것이 산도를 통과하는 것
만큼이나 힘들다는 뜻이다. 시를 쓸 때는 그렇지 않았는
데 써서 누군가에게 보여주는 행위를 하면 "때때로/ 우
두둑 부서지고 깨지"는 고통과 "한 귀퉁이 간신히 뵙게
되는// 혹독한 열반"이라는 고통, 이 두 가지가 함께 찾
아온다. 그래서 시의 산도는 언제나 좁다는 것인데,「기
싸움」도 사정은 마찬가지다.

뜨거운 울음
온몸으로 삼킨 북소리가
깊은 소리를 만들어낸다

두드릴 때마다
설령 가죽이 찢어진다 해도,
아니 능숙한 연주자는 가죽을 찢는 법이 없다
둥 둥 둥 심장 소리 고이고 고여 맑아진
아픔으로만 살아 있는 것들

―「기 싸움」전반부

대체로 북은 짐승 가죽으로 만든다. 북이 만들어지는 과정은 짐승이 피를 흘리며 죽어간다는 사실과 함께 그 의미가 깊어지듯, 고수가 북을 배우는 과정, 북을 연주하는 과정도 역시 그렇다. 남다른 아픔을 겪은 고수라면, 그의 북소리는 남들보다 훨씬 깊을 것이다. "둥 둥 둥 심장 소리 고이고 고여 맑아진/ 아픔으로만 살아 있는 것들"이라는 말은, 고수와 연희자의, 고수와 북의 혼연일체를 말해주는 것이다. 또한 이는 아픔의 예술적 승화를 가리킨다고 할 수 있다. 후반부에 가면 이 시가 고수의 한을 다룬 것이 아니라 시 쓰기의 지난함을 절절하게 형상화 시키고 있음을 알 수 있다.

지친 북채를 끌어당겨
연신 제 몸을 치는 그 소리 속에
하늘과 땅 경계가 태어난다

오늘밤도

시를 밀고 당기며

그 사랑 안에서 길을 잃는다

－「기 싸움」후반부

　고수가 북을 치는 것은 제 몸을 치는 것이었다. 그 소리 속에 하늘과 땅의 경계가 태어난다고 했는데, 도대체 어떤 악기의 어떤 소리인가. 시인은 말한다, "오늘밤도/ 시를 밀고 당기며/ 그 사랑 안에서 길을 잃는다"고. 알고 보니 고수의 북 두드리는 소리는 시인의 시 쓰는 행위였다. 밤새 시와 밀고 당기는 사랑싸움을 한 뒤에 그만 그 사랑 안에서 길을 잃는다고 하니 하순명 시인의 시에 대한 태도를 비로소 짐작하게 된다. 좋은 시 한 편을 얻기 위해 전전반측하면서 밤을 밝히는 하 시인의 노력이 독자에게 큰 감동으로 전달되리라 믿는다.

　시인의 이력을 극명하게 보여주는 시가 한 편 있다.

다시 신학기가 시작되고

여드름이 제법 굵어진 아이들

왁자한 교실, 운동장

　어젯밤 꿈에 수업 벨이 울리고 나는 학교 3층 복도를 걸어간다. 그 순간 국어 상반(윤동주반) 학급팻말 아래 문이 드르륵 열린다.

그 교실에서

푸른 여름을 만나지 않았더라면

난 지금쯤 다 낡아 버렸을까

　　─ "어! 벌써 시작? 선생님 조금 천천히 오시지…."

　　"힘드신데 선생니임, 오늘은 그냥 저희끼리 해도 되는
데요." ─

(……)

눈앞이 아른아른

하루 종일

발이 닳도록 서성이네

　　─교탁 꽝! 천둥소리 들린다─

─「그 봄」 부분

　이런 정경이 눈앞에 아른대는 현재는 교탁을 떠난 지
어언 3년째, 그 시점에서도 여전히 생생히 기억나는 것
─, 학생들과의 즐거웠던 시간을 회상하는 것이다. 천성
이 교육자인데 교단을 떠난 이후 얼마나 아쉬웠을 것인
가, 그런 심정이 이 시에 잘 나타나 있다. 그럼 시인 자신
이 그린 자화상 속의 모습은 어떤 모습일까?

능내역에 한번 가보세요

무딘 가슴 허허로운 날

경기도 남양주시 조안면 능내리에 가보세요

역 하나를 붙들고 늙어버린 역무원과

옛 중앙선 철길 따라 만나는 그리운 간이역

오래된 추억을 만나려면

북한강도 푸르게 손짓하는 능내역에 가보세요

폐기차에 올라 휘파람으로 그리운 이름 한번 불러

보면

능내 고향사진관에서

교복 입은 풋풋한 시절이 걸어나올 거예요

대합실 한가운데 우두커니 주저앉은 늙은 쇠 난로

한줌의 온기를 불러 모으고

벽에 걸린 흑백사진들, 낡은 나무의자, 추억의 소품

들이

젖은 시간을 말리며 침묵으로 졸고 있는 한 나절

허름한 역사 품에 안긴 접시꽃 한 무더기

여전히 입술이 붉은

능내역, 내 자화상

　　　　　　　　　　　　　　　－「능내역 풍경」 전문

실제 능내역은 경기도 남양주시 조안면 능내리에 있었다. 시인은 기억 속에 남아있는 능내역, 지금은 폐역이 된 간이역의 풍경을 마치 수채화처럼 그림으로써 독자를 그곳으로 이끈다. "여전히 입술이 붉은" 자화상이라 끝을 맺어 다른 시에서도 보이는 사라진 것들에 대한 향수가 아련하게 전해지는 작품이다. '자화상'을 제목으로 한 다음 시를 보자.

> 물을 보면 흐르고
> 꽃을 보면 피어납니다
>
> 숲에 들면
> 어느새
> 나무가 됩니다
>
> 물의 입으로 말하고
> 꽃의 입으로 말합니다
>
> 오늘도
> 그렇게
> 세상을 건너갑니다
>
> ―「자화상」 전문

시의 1, 2연은 자신이 자연과의 친화를 주로 노래하는 순수 서정시인임을 밝힌 것으로 읽힌다. "물의 입으로 말하고/ 꽃의 입으로 말합니다"라고 하는 것은 자연과 사람과의 화합이며 사랑임을 말해주는 것이 아닐까. 시인의 다른 여러 편의 시에서도 꽃과 나무와 물이 소재로 등장한다. 이처럼 시의 전반에 흐르는 자연의 정서와 무관하지 않게 맑은 이미지로 헹구며 세상을 건너가는 시인의 자화상을 읽을 수 있다.

제2부에는 불교적 상상력에 입각해서 쓴 시가 많이 모여 있다. 절에 가서 보고 듣고 느낀 것, 부처님의 말씀, 불교의 교리 같은 것이 시의 소재나 주제가 된다.

연둣빛 잎새 사이로
연꽃 한 송이 걸어놓고
내 지은 업 그 아래 다소곳이 엎드린다

무엇을 봐야할지
무슨 소리가 들리는지
잽싸게 시선을 피하고 겉모양만 남아 있는
그 속에선 모든 것이 미혹하다

미움을 미움으로 엮는
굽이굽이 난산 끝에

바닥까지 비워낸

생각의 큰 그릇

모든 것 내 탓, 내 탓이로소이다

묵묵히

부처님의 말씀 속으로 걸어 들어간다

　　　　　　　　　　　　　－「내 탓 네 탓」 전문

　천주교에서 미사 때면 가슴을 세 번 치면서 '내 탓이로다 내 탓이로다 내 큰 탓이로소이다' 하면서 참회의 말을 꼭 한다. 시인도 자신의 잘못과 허물을 "내 지은 업"이라고 생각하고는 "모든 것 내 탓, 내 탓이로소이다" 하면서 참회를 한다. 업, 미혹, 미움 등은 떨쳐버려야 할 것들이다. 참회한 뒤에는 "묵묵히/ 부처님의 말씀 속으로 걸어 들어간다"고 하는데, 이는 앞으로 남은 생을 부처님 가르침대로 살아가겠다는 각오가 아닐까.「벽조목」에 나오는 "베푸는 것이 무엇인지 아는 순간/ 아름다움을 품었다"는 말도 늘 자비심을 갖고 타인을 위해 보시하면서 살아가겠다는 결심을 밝힌 것으로 읽힌다. 다른 시에서도 시인은 일종의 실천불교를 말한다.

　　　누구나 세월 따라 옷을 갈아입는다

　　　실명제 헌금, 실명제 시주

이제는 신용카드 보시라니
쓰다듬고 눈물 닦아주신 큰 자비 한 가슴
인터넷도 배워야 사는 이 시대의 부처님들

댕그렁 댕그렁
범종이 큰 소리로 울고 간다
마음 베풂 훈훈하게
눈빛 베풂 따스하게
표정 베풂 온화하게
말씀 베풂 더욱 곱게 하라고

매순간 꿍꿍대며
입으로 몸으로 짓는 업장 만 리
멀고 먼 지혜의 언덕은 아직도 가물가물

오늘 다사로운 불전佛前에 무릎 꿇고
햇살 한 줌으로
과장된 나의 감상을 말린다

―「실명제 보시」 전문

　　불교, 특히 대승불교는 '自利利他'를 지향하는 종교다.
스스로 참선 수행하면서 깨달음을 얻고, 그런 연후에는
남을 위해 베풀며 살아가라고 불교는 가르친다. 시인은

"매순간 끙끙대며/ 입으로 몸으로 짓는 업장 만 리"임을 잘 아는데, "멀고 먼 지혜의 언덕은 아직도 가물가물"하다. 그래서 오늘도 다사로운 불전에 무릎 꿇고 "햇살 한 줌으로/ 과장된 나의 감상을 말리고 있"는 것이다. "깊은 눈빛/ 절집 마당 5층 석탑 꼭대기에 머문다"(「산에 들다」)는 '봄'과 "먼 길 걸어온 바람 한 번 찾아주면/ 비로소 꺼내는 허공의 소리"(「풍경」)라는 '들음', 그리고 "타닥타닥 연밭으로 쏟아지는 빗줄기/ 둥근 치마폭 위로 초록이 튀어오른다/ 빗방울들/ 허공을 적시며 둥근 이파리에 내려앉는다"(「7월 연밭」)는 구절의 '풍경 그리기' 등이 모두 불자로서의 불교적 관찰과 상상력의 산물이다. 아래의 시는 인도 여행의 산물이 아닌가 여겨진다.

두려움도 다툼도 말하지 말라
거리에는 맨발의 가냘픈 사내가
하루의 끼니를 위해 릭샤의 페달을 밟는다
버스, 트럭, 오토바이, 자전거와
행인보다 의젓한 소가 어우러진다
남녀노소 걸인들 순례자의 행렬 한길이 미어진다

어른도 아이도 소년도 소녀도
시선이 닿는 곳마다 서늘하고 깊은, 평화로운
이 세상은 수행터다

소유하지 않는 행복

수십 년 전이나 지금이나

그 빛 강렬한 바라나시

―「바라나시」 부분

　가난한 사람들이 복닥복닥 아옹다옹 살아가는 인도의 바라나시에서 시인은 "소유하지 않는 행복"을 보고 온다. 그리고 거기서 "내 허욕과 사치가 무엇인지/ 진실로 투명한 영혼"을 지니고 사는 이가 어떤 이인지 직접 보고 큰 깨달음을 얻은 모양이다. 사실 그렇지 않은가. 재물을 잔뜩 갖고 있는 사람은 그 재물을 지키고 불리는데 골몰하느라 마음의 안식을 얻을 수 없다. 하지만 일용할 양식 정도를 버는 사람은 자족하면서 살아갈 수 있다. 붓다가 부귀영화의 길을 마다하고 6년 동안 고행의 수도승을 자처하여, 보리수나무 아래서 큰 깨달음을 얻었는데 그 깨달음이라는 것이 어찌 생각하면 별것이 아니었다. '자리이타', 즉 수행과 보시의 철학이었다. 시집의 전 작품 가운데 해설자의 마음에 가장 든 시편은 아래 제시하는 짧은 시다.

각진 얼굴, 각진 인생

각이 쓰임새 많은 세상이다

면과 면이 마주치는 모서리

뿔 각, 다투고 견줄 각, 모날 각

그 끄트머리에 뿔피리 나팔 각, 음계 각도 있다

각 중 가장 무서운 칼

말의 각,

뿔 되어 찌르지 말고

각목처럼 모나지 말고,

서로 각축하거나 두각을 나타내려 애쓰지 말고

뿔피리 소리처럼 부드러워라

－「각角에게」 전문

시인은 '말의 각'을 갖고 있는 사람이다. 이것은 '각 중 가장 무서운 칼'이다. 나의 말, 즉 시가 "뿔 되어 자르지 말고/ 각목처럼 모나지 말고,/ 서로 각축하거나 두각을 나타내려 애쓰지 말고/ 뿔피리 소리처럼 부드러워"지기를 시인은 소망하고 있다. 그것이 쉽지는 않을 것이다. 하지만 그 칼을 갖고 각을 내는 일은 교육일선에서 학생들을 가르쳤던 일만큼이나 값진 일이리라.

제3부에는 꽃과 나무, 자연과 계절에 대한 사유를 보이는 시편이 많은 반면, 한편으로는 「푸어poor 전성시대」 「지하철 전쟁」 「스마트포니쿠스」처럼 도회적 삶의 이모저모를 추적한 시도 있다. 이 가운데 시인의 경험과 상상력이 잘 녹아나 있는 시는 후자가 아닌가 한다.

"조실부모했어요. 천지간에 불쌍한 사람입니다."

(한 푼만 줘, 나 좀 쳐다 봐. 너 지갑 안 열 거야?)

'못 주겠다 그래 어쩔 건데?'

(눈꺼풀 힘주어 잠자는 척 버티는 승객)

조금 전 무릎 위에 뿌린 0.1그램 종잇장 위로

쾅! 핵무기 터진다

—「지하철 전쟁」 부분

집 지닌 빚쟁이 하우스 푸어

치솟는 전세자금 렌트 푸어

근로빈곤층 워킹 푸어, 자녀 교육에 등골이 휘는 에
듀 푸어, 빚과 결혼하는 웨딩 푸어, 노후에 허둥대는
실버 푸어, 베이비 푸어, 카 푸어, 실버 푸어, 푸어, 푸
어…

거대한 푸어 숲

목젖까지 숨차다

—「푸어poor 전성시대」 부분

'서울 가서 눈 감으면 코 베어 간다'라는 속담이 있다.
그만큼 나날의 삶은 각박하고 사람들도 차들도 많아 정
신 차릴 수 없는 세상이 서울이다. 지하철을 타면 종종
종이를 나눠주며 한 푼 적선해 달라는 사람을 만난다.
걸인이 내민 종이에 적힌 내용이 거짓일까 진실일까. 도

와주는 게 옳은가 안 도와주는 게 옳은가. '푸어'는 원래 가난한 사람, 빈민 정도의 뜻을 갖고 있었는데 지금은 여기저기에서 합성어로 쓰이고 있다. 우리 사회는 지금 "하루 25시/ 매시간 발로 뛰고 머리로 뛰어도/ 늘어나는 워킹 푸어 공화국"이다. 시인이 보건대 "빈곤의 늪에 빠져 허우적거려도/ 도시는 점점 비대해지"고 있다. 사람들은 "저마다 뒤엉킨 마음 한 자락 숨기고/ 투잡으로 또 하루를 버티고 있다". 도시에서 사람들은 사는 것이 아니다. 버티는 것이다. 우리는 또 거의 대다수 스마트폰 중독자들이다.

어둠속이거나 빛 아래서거나
호기심이 세상을 두들기고
운명을 그어대는 손끝
어지럽다
헤집을수록 멀미나는 삶의 정글 속에서
우두커니 바라본다

낯선 블랙홀 속 이방인들
　　　　　　　　　　　　─「스마트포니쿠스」전문

지하철을 타보면 실감할 수 있는 일이다. 열에 아홉은 스마트폰을 들여다보고 있다. 책도 읽지 않고 대화도 하지 않고 손가락으로 세상을 두들기고 운명을 그어댄다. "헤집을수록 멀미나는 삶의 정글 속에서" 시인은 우두커니 바라보고 있다. "낯선 블랙홀 속 이방인들"을. 이런 시대이니 시는 누가 읽을 것인가. 세월호 사건을 다룬 「팽목항의 봄」에서는 채 피지 못한 꽃봉오리들에 대한 안타까움이 독자의 폐부를 찌른다. 아마도 오랜 세월 교사로 재직했기에 세월호의 희생자 아이들에 대한 추모의 정이 남달랐을 것이다. 아울러, 「진도珍島, 진도珍島의 손」으로 미루어 짐작컨대 고향 앞바다에서 일어난 일이었을 테니 더욱 가슴이 아팠을 것이다.

제4부의 시편은 주로 어머니에 대한 그리움이 차고 넘친다. "전라도 광주 '사랑의 집'에는 기저귀 찬 어머니가 계신다"로 시작하는 「백한 살의 미소」는 아마도 상상력이 아니라 사실의 산물일 것이다.

전라도 광주 '사랑의 집'에는 기저귀 찬 어머니가 계신다 100년에 한 살을 더하신 어머니는 긴 한 생을 동행한 손이며 팔이며 다리가 빈 나뭇가지처럼 거죽만 남았다 두 손 밧줄로 묶어 인민군이 데려간 남편 숨결마다 따라다니던 모진 그리움도 가물가물, 60여 년 피멍이 들게 한 세월이거나 허기진 그 세월 헤치며 겉보리 죽으로 키운 여섯 남매를 향해 눈물은커녕 그럴 만한 내색 하나 보이지 않는다 백 한 살의 천사는 지전이

누런색인지 초록색인지 구분 못하면서 개수個數만 많
으면 "고맙습니다"를 연발하는 그저 말간 미소뿐이다
—「백한 살의 미소」전문

어머니의 산전수전과 간난고초가 일목요연하게 정리
되어 있다. 남편의 부재, 혼자서 키운 6남매, 가난과 고
생, 노환과 치매……. 어머니는 말간 미소를 지을 뿐이
지만 그런 어머니를 옆에서 지켜보는 화자의 마음은 갈
가리 찢어질 것이다. 건강할 때의 어머니를 회상하며
쓴 「파꽃 어머니」「노을 길」「의자」「옛 달이 뜨네」 등 여
러 편이 있는데 해설자로서는 가장 큰 감동을 받은 시가
「어머니의 거짓말」이다.

숨죽여 우는 일밖에
아무것도 자신이 없었나 봐요

부엌 아궁이 앞에서
밭이랑에서
가난과 땀방울에 흥건히 젖던 어머니

눈물에 젖어오는 침묵
목구멍 깊숙이 밀어 넣으며
"나는 안 춥다."

모진 청춘

쓴말 입에 달고

맨몸으로 세상을 버틴

겨울사시나무

　　　　　　－「어머니의 거짓말」 전문

　아, 이 시에 어떤 해설을 붙일 수 있으랴. 한 여성이 겪
은 모진 삶과 자식들을 위한 희생정신 앞에서 말문을 잃
고 울먹일 따름이다. 어머니를 노래한 일련의 시가 주는
감동은 이번 시집의 가장 빛나는 부분이기도 하다. 이어
지는 시는 고향과 어린 시절의 추억담이다. 「수평선 위
에 잠을 올리다」, "늙지 않는 그 이름"의 「진도珍島, 진도
珍島의 손」, "외갓집 앞마당 탱자나무 울타리에/ 밤새 내
려앉은 눈에서는 노란 탱자꽃 향내가 난다"는 「내 마음
의 삼막리」, "오빠는 홀로 고향의 낡은 폐가 뜨락을지킨
다/ 정적이 무성한 빈집에 30촉 전구를 켰다"는 「내성외
왕內聖外王」 등이 다 시인의 소중한 추억담이다.

　제5부의 시는 최근작들이지 싶은데, 교사 생활을 마치
고 여유롭게 사계절의 변화를 눈여겨보며 쓴 일종의 귀
거래사가 아닌가 한다. 시인은 북한산 둘레길을 홀로 걷
기도 하고 "가을빛이 먹먹해지면" 순천만 갈대밭을 찾아
가기도 한다. "이 겨울 홀로 동해에 갔다// 파도는/ 청남
색 눈발 사이로 뭍을 향해 달려든다"(「당신의 파도」)나 "삼

학도 파도소리 뭍의 한복판을 돌아나간다"(『말뚝』) 같은 시구를 보니 '직장'이라는 얽매임에서 벗어나 자유로운 영혼으로 시상을 떠올리는 시인의 근황을 짐작할 수 있다.

그 모든 행보의 이유는 오직 하나, "진종일 해를 향해 펼치는 가녀린 숨소리 눈물의 기도는/ 마침내 한 줄 시로 태어나네"(『깜짝 선물』)라는 시구에 그 의미가 잘 담겨 있다. 일거수일투족, 오직 시를 쓰고자 하순명 시인은 시의 신에게 순명順命하기로 한 모양이다. 시인의 추구하는 서정이 어디에도 얽매이지 않고 자유로운 영혼으로 풍요로운 시의 세계를 향해 나아가기를, 머지않아 문운이 활짝 열리기를 기원한다.

하순명 시집

산도 産道

초판인쇄 2015년 01월 05일 **초판발행** 2015년 01월 10일

지은이 **하순명**
펴낸이 **이혜숙**   펴낸곳 **신세림출판사**
등록일 **1991년 12월 24일 제2-1298호**

100-015 서울특별시 중구 충무로5가 19-9 부성B/D 702호
전화 **02-2264-1972** 팩스 **02-2264-1973**
E-mail : shinselim72@hanmail.net

정가   **9,000원**

ISBN   **978-89-5800-149-2, 03810**